Plantu est né à Paris en 1951. Il s'est rapidement imposé dans la tradition française des dessins politiques. Ses caricatures paraissent dans *Le Monde* depuis 1972, et dans *L'Express* depuis 1991. Ses dessins sont exposés dans le monde entier.

PLANTU

SARKO
LE BEST OF

ISBN : 978-2-7578-1093-4

Pour les dessins extraits de
Le Petit Chirac illustré et *Le Petit Balladur illustré*
ISBN 2-02-023160-3

Pour les dessins extraits de *L'Année Plantu 1999*
ISBN 2-02-038696-8

Pour les dessins extraits de *La France à la baguette*
ISBN 2-02-056775-X

Pour les dessins extraits de *À quoi ça rime ?*
ISBN 2-02-084751-5

Pour les dessins extraits de *Je ne dois pas dessiner...*
ISBN 2-02-090284-2

Pour les dessins extraits de *Racaille le Rouge*
ISBN 978-2-02-096599-8

Pour les dessins extraits de *Un boulevard pour Sarko*
ISBN 978-2-02-098445-4

Sommaire

Avant-propos

Nicolas Sarkozy est, pour les caricaturistes, un « bon client ». En fait, il est une caricature à lui tout seul. Quand on me demande de faire un dessin sur Sarko, tout le monde croit que je vais faire une caricature. Pas du tout, je fais un portrait.

Tout fonctionne et on ne voit que lui dans le dessin : en Malienne, en môme Piaf, en pingouin, en Minimoy, en bec de gaz, en Louis XIV, en Louis XVI, en madame de Fontenay, en bretelle d'autoroute, en pince à épiler, en sac d'aspirateur, en moule à gaufres ou encore en Bart

Simpson. Quand je le dessine en Iznogoud, on dirait qu'il est né comme ça. Parfois, je me demande si le dessin ne se fait pas tout seul : je crayonne un accessoire quelconque et, par magie, il se transforme…

En réalité, Sarko captive son auditoire parce qu'il est un ludion sans cesse agité : quand il parle, on dirait qu'il a une petite bête qui le démange derrière le cou (une puce ? un hanneton ? une mouche ?), alors on s'amuse, il nous distrait ; à la fin, on ne sait même plus pourquoi il était invité sur le plateau.

Le personnage du président de la République occupe tout le terrain médiatique. Un thème chasse l'autre, chaque message est construit sur des phrases claires, ponctuées de formules chocs qui occultent tout le reste (« J'irai chercher la croissance avec les dents », « La solution au problème du chômage, c'est le travail », etc.). L'électeur-spectateur écarquille les yeux, comme hypnotisé par tant d'invraisemblance et de culot. De plus, Sarko a une très bonne connaissance du milieu journalistique, qu'il « travaille » depuis plus de vingt ans, et presque tous les patrons de presse sont ses « meilleurs amis ». Moralité, il rafle la mise, et les autres personnages politiques n'ont qu'à se rhabiller.

À force d'être une caricature, un cliché, il devient n'importe quel personnage de la bande dessinée. Mais j'ai toujours défendu l'idée qu'il fallait savoir se freiner, qu'il

fallait flirter avec la ligne jaune mais aussi ne pas aller trop loin. C'est un savant dosage entre la provocation, la colère et le respect de la personne humaine. Se lever le matin pour le plaisir de dézinguer une personnalité politique ne m'a jamais passionné. C'est tellement facile ! Pourtant, quand le dessin est vraiment trop provocateur, il faut soit l'assumer et foncer, soit y réfléchir à deux fois avant de le publier. De temps en temps, il faut savoir retenir son crayon. Oui, c'est de l'autocensure, mais je trouve un peu démagogique de dire qu'on doit pouvoir tout dessiner et n'importe où.

Vous retrouverez dans les pages qui suivent quelques aspects du candidat-devenu-président Sarkozy. Il nous a prévenus : « On va se faire allumer comme des perdreaux si on reste immobiles. Je veux aller encore plus vite. » Alors, accrochez-vous au *Best of* !

PLANTU

Sarkozy avant Sarko

GENÈSE. Depuis son adhésion à l'Union des démocrates pour la République (UDR) en 1974, puis au Rassemblement pour la République (RPR) lors de sa création en 1976, Nicolas Sarkozy est parrainé par Charles Pasqua, qui accompagne son parcours à Neuilly-sur-Seine et dans les Hauts-de-Seine. Cela ne l'empêchera pas, en 1983, à l'âge de 28 ans, de ravir la mairie de Neuilly promise au baron gaulliste.

LE BALLADURISME. Réélu député de la sixième circonscription des Hauts-de-Seine en 1993, il devient ministre du Budget et porte-parole du gouvernement Balladur. Il aura notamment à faire face aux manifestations de mars 1994 contre le CIP (contrat d'insertion professionnelle), réservé aux moins de 26 ans, payé 80 % du SMIC et finalement supprimé après les fortes mobilisations. Puis Nicolas Sarkozy participe activement à la campagne d'Édouard Balladur à l'élection présidentielle de 1995 et le soutient contre Jacques Chirac. Il est écarté du gouvernement à la suite de la victoire de ce dernier.

L'AVENIR DE LA DROITE SERA-T-IL
GAULLO-SOCIAL OU GAULLO-LIBÉRAL ?
THAT IS THE QUESTION !
PLANTU

LE RPR ET LES ÉLECTIONS EUROPÉENNES DE 1999.
Après la victoire de la gauche aux élections législatives de 1997, Nicolas Sarkozy devient secrétaire général du RPR, puis président par intérim après la démission suprise de Philippe Seguin en avril 1999. Menant une liste avec le libéral Alain Madelin, il ne pourra éviter un lourd revers, sa liste arrivant en troisième position, derrière celle menée par… Charles Pasqua. Il démissionne de son poste à la tête du parti gaulliste le 14 juin 1999.

LE RETOUR EN GRÂCE. En 2002, Jacques Chirac choisit Jean-Pierre Raffarin comme Premier ministre. Nicolas Sarkozy est nommé ministre de l'Intérieur, de la Sécurité intérieure et des Libertés locales, après une « traversée du désert » de trois ans.

SARKOMANIA. Forte présence médiatique du ministre de l'Intérieur : sécurité, littérature, bonnes mœurs et islam. La méthode reste la même lorsque Nicolas Sarkozy est nommé ministre de l'Économie en mars 2004 et bénéficie d'une forte popularité dans les sondages, contrairement au président de la République et au Premier ministre.

TENSIONS. Jacques Chirac, le 14 juillet 2004 : « Il n'y a pas de différend entre le ministre des Finances [Nicolas Sarkozy] et moi, pour une raison simple, c'est que, notamment s'agissant de la défense, je décide et il exécute. » Les relations se détériorent entre le chef de l'État et son turbulent ministre qui, depuis fin 2003, ne cache plus ses ambitions présidentielles.

LA PRÉSIDENCE DE L'UMP. Nicolas Sarkozy est élu président de l'UMP en novembre 2004 et est contraint de quitter le gouvernement, car Jacques Chirac juge impossible le cumul des deux fonctions.

« RACAILLES », « KÄRCHER », ETC. Après le rejet du traité constitutionnel européen par référendum, le 31 mai 2005, Dominique de Villepin est nommé Premier ministre. Nicolas Sarkozy est rappelé au ministère de l'Intérieur, avec rang de ministre d'État, et y tient un discours sécuritaire musclé et provocateur. Il conserve la présidence de l'UMP et celle du conseil général des Hauts-de-Seine.

BON, MAINTENANT, ON VA FAIRE DU QUALITATIF !
KÄRCHER
PLANTU

Autos-dérision

LES ÉMEUTES DE NOVEMBRE 2005. À la suite de la mort de deux adolescents poursuivis par la police à Clichy-sous-Bois, en Seine-Saint-Denis, des groupes d'émeutiers attaquent des postes de police, des garages, des gymnases et des centres commerciaux. Dans plusieurs départements, environ 10 000 voitures sont incendiées (sur un total de près de 45 000 pour la seule année 2005).
Les heurts se poursuivent pendant près d'un mois. Leur coût estimé par les sociétés d'assurances s'élève à environ 150 millions d'euros.

IZNOGOUD (suite)
VIZIR LAVE PLUS BLANC
FN
PLANTU

EXPULSIONS. En 2006, 10 000 écoliers étrangers, dont les parents sont en situation irrégulière, risquent d'être renvoyés dans leur pays d'origine. Nicolas Sarkozy se déclare prêt à régulariser 6 000 étrangers ; les familles auxquelles il sera refusé le séjour « ont vocation à partir, soit volontairement, soit de manière contrainte ».

LA CRISE DU CPE. Présentée par Dominique de Villepin comme une initiative décisive pour réduire le chômage des jeunes, la création du « contrat première embauche » (CPE) en mars 2006 provoque des manifestations à Paris et dans toute la France. Le retrait est finalement annoncé le 10 avril et met fin aux espoirs de candidature du Premier ministre à l'élection présidentielle.

EN FAIT,
C'EST TOUS LES
JOURS QU'IL
FAUT TRAVAILLER
POUR LES VIEUX !
PLANTU

Cette année, au cinéma, j'ai l'impression de n'avoir vu qu'un seul film : "Iznogoud" !

JE N'AI QU'UNE IDÉE DEPUIS 50 ANS : SAUVER MON COUPLE !
PLANTU

LE CANDIDAT UNIQUE DE L'UMP. Après plus de dix ans de confrontation avec les chiraquiens, Nicolas Sarkozy est désigné candidat à l'élection présidentielle par 98 % des militants de son parti. Craignant toujours les « coups tordus », il quittera le ministère de l'Intérieur moins d'un mois avant le premier tour, alors que sa campagne est lancée depuis plusieurs mois.

VOTEZ SARKO
PLANTU

Sarkozy, candidat à l'élection présidentielle

22 mars 2007 : ouverture de la campagne présidentielle. Se présentent : François Bayrou (UDF), Olivier Besancenot (LCR), José Bové (Uni-e-s avec Bové), Marie-George Buffet (PCF), Arlette Laguiller (LO), Jean-Marie Le Pen (FN), Frédéric Nihous (CPNT), Ségolène Royal (PS), Philippe de Villiers (MPF), Dominique Voynet (Les Verts), Nicolas Sarkozy (UMP) et Gérard Schivardi (PT).

votez
pour moi !
FN

ARTHUR ET LES MINIMOYS.
Sortie en salles du film de Luc Besson.

« Nicolas Sarkozy a de grands talents d'illusionniste. Il en fait trop, mais cela plaît. Si ses petits camarades ne le tuent pas en chemin, il risque d'aller à l'Élysée. » ANDRÉ LABARRÈRE, ancien ministre (PS), *Le Point*, 2004.

LA VIE EN ROSE. *La Môme*, qui raconte la vie d'Édith Piaf, sort au cinéma.

INNÉ ET ACQUIS. Le candidat UMP considère que la prédisposition à la pédophilie, mais aussi au suicide, est probablement inscrite dans les gènes. « Pour moi, on naît pédophile », affirme Nicolas Sarkozy dans *Philosophie magazine*.

GARE DU NORD. Des dizaines de jeunes protestent violemment contre le contrôle d'un voyageur sans billet. Plusieurs policiers sont blessés dans les échauffourées qui ont duré une partie de la soirée. Une vive polémique s'ensuit entre les principaux candidats à la présidentielle.

IDENTITÉ NATIONALE.
Les demandes d'asile ont continué à baisser, en 2006, en France. Avec 26 269 nouvelles demandes, la France est restée le premier pays recherché par les demandeurs d'asile. Nicolas Sarkozy déclare que « la procédure de la demande d'asile n'est plus une "fabrique à clandestins" ».

LA FRANCE PRÉSIDENTE
PLANTU

IDENTITÉ. Nicolas Sarkozy annonce qu'il veut créer un ministère de « l'Immigration et de l'Identité nationale ».

« Nicolas Sarkozy veut incarner la rupture libérale avec le modèle social français. Ce n'est pas un projet, c'est une aventure. Elle ne créera pas le sursaut mais déchaînera la France. » DOMINIQUE STRAUSS-KAHN

DES ENNUIS
DANS VOTRE PAYS ?
PROUVEZ-LE !
SI UN JOUR
JE DEVIENS
FRANÇAIS, JE
NE VOTERAI
PAS POUR VOUS,
PAUV'TACHE !
IN
IDENTITÉ
NATIONALE

INDIGÈNE. Succès en salles, dès sa sortie, du film *Indigènes*, avec Jamel Debbouze.

Pasqua trahi en 83 par Sarko à Neuilly.
Chirac trahi par Sarko en 95.
Ségo trahie par un ami du PS rallié à Sarko.
Bayrou trahi par des amis ralliés à Sarko.
ET VOUS IMAGINEZ UNE SECONDE QUE JE POURRAIS, UN JOUR, TRAHIR LES FRANÇAIS ?
OH ! LA LÂCHE PENSÉE !

PROGRAMMES INTERCHANGEABLES. Alors que la candidate Ségolène Royal se déclare « favorable à un service civil obligatoire » pour tous afin de « rétablir un ordre juste », le candidat Nicolas Sarkozy, lui, cite dans ses discours Jaurès et Blum.

« J'ai dû reprendre, dans mon pacte présidentiel, le Smic à 1 500 euros et la généralisation des 35 heures. Deux idées qui étaient dans le projet des socialistes et qui n'ont pas du tout été crédibles. »
SÉGOLÈNE ROYAL, France Info, 22 juin 2007.

« Entre Jules Ferry et 68, ils ont choisi 68 ! Oui, c'est même terrible de mauvaise foi, mais enfin, il faut y aller ! »
NICOLAS SARKOZY (dans *L'Aube le soir ou la nuit*, de Yasmina Reza)

« Aimons-nous les uns les autres. » SÉGOLÈNE ROYAL, 1er mai 2007.

« La compassion n'est pas une politique et l'imprécision n'est pas une stratégie. » NICOLAS SARKOZY à Ségolène Royal, février 2007.

MALADIE CASTRISTE. Après 10 mois de convalescence, Fidel Castro, 80 ans, s'est exprimé pour la première fois à la télévision cubaine depuis son opération des intestins.

« Il pense déjà à autre chose. Rien ne le satisfait, il est comme ces *rich and famous* aux États-Unis qui veulent toujours la plus belle femme, la plus belle voiture, la plus belle maison. Il s'en fout de la France et des Français. » DOMINIQUE DE VILLEPIN

CANDIDATURE. Villepin n'accepte pas l'union autour de Sarkozy. De son côté, le président Chirac refuse toujours de se prononcer sur son avenir.

OXYGÈNE. Brice Hortefeux, le bras droit de Nicolas Sarkozy, propose d'« oxygéner la démocratie » en ajoutant une dose de proportionnelle afin de favoriser les formations politiques extrémistes.

"OXYGÉNÉE"
DES GENS QUI DÉTESTENT TELLEMENT CHIRAC NE PEUVENT PAS VRAIMENT ÊTRE MAUVAIS !
IN
PLANTU

VOTE LE PEN. Selon un sondage, 80 % des électeurs de Le Pen se disent prêts à voter pour Sarkozy.

« Si Le Pen dit : "Le soleil est jaune", devrais-je dire qu'il est bleu ? » NICOLAS SARKOZY

« Si certains se sentent gênés d'être en France, qu'ils ne se gênent pas pour quitter un pays qu'ils n'aiment pas. » NICOLAS SARKOZY

BATAILLE AU CENTRE. Au premier tour de l'élection présidentielle, le 22 avril 2007, François Bayrou obtient 18,57 %, Nicolas Sarkozy, 31,18 %, et Ségolène Royal, 25,87 %. La bataille pour le centre est engagée.

SÉGO !
ON AVAIT DIT : « PAS DE NOMS D'OISEAUX ! »

« François Bayrou est détesté à Pau. Il travaille très peu. Il n'a qu'une obsession : la présidence de la République. Mais, bon, c'est un homme de talent. » ANDRÉ LABARRÈRE, ancien ministre (PS), *Le Point*, 2004.

« Je ne vois pas de différence majeure avec Dominique Strauss-Kahn d'un côté ou Jean-Louis Borloo de l'autre. » FRANÇOIS BAYROU, *Le Parisien*.

UMP
FN
BIENVENUE AU CLUB !
NE ME TOUCHE PAS PAUV'TACHE !
MAIS, J'AI RIEN FAIT MA CHÉRIE !
C'EST PAS À TOI QUE J'CAUSE, CRÉTIN !
PLANTU

Sarkozy, président de la République

Nicolas Sarkozy est élu président de la République
avec 53,06 % des voix.
Ségolène Royal, battue, obtient 46,94 %.

CRAC !

Liberté-Égalite
PLANTU d'après TABARY et Peyo

Schtroumpf 1er

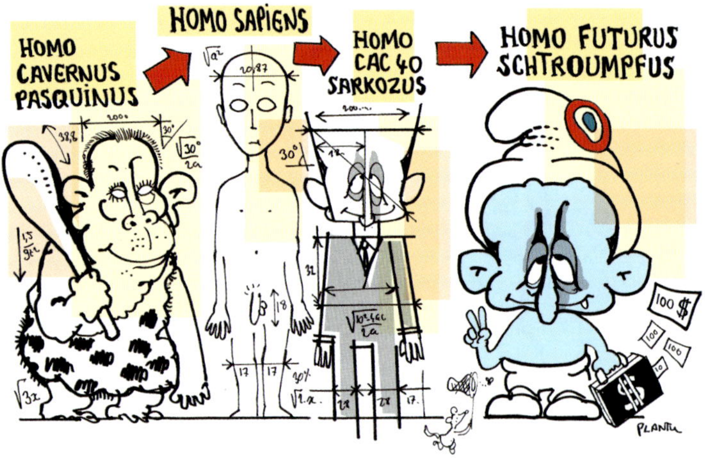

Après avoir trahi Charles Pasqua (élection à Neuilly, 1983)
et Jacques Chirac (élection présidentielle, 1995),
Nicolas Sarkozy s'installe à l'Élysée (16 mai 2007).

Soyez unis !
LIBERTÉ-ÉGALITÉ-SCHTROUMPF 1er
PLANTU

REPOS. Nicolas Sarkozy et sa famille partent au lendemain de l'élection présidentielle se reposer à Malte sur un yacht, le *Paloma*.

SILENCE, LES PAUVRES !
LE SCHTROUMPF 1er
PLANTU

***ENSEMBLE*, DE NICOLAS SARKOZY.**
Alors que son précédent livre, *Témoignage*, avait rencontré beaucoup de succès, *Ensemble*, recueil de réflexions politiques, aura séduit moins de lecteurs.

GOUVERNEMENT. François Fillon est nommé Premier ministre le 17 mai 2007 ; la composition du gouvernement est annoncée le lendemain.

Alors, là, Nicolas, moi, je dis chapeau !
Autant je ne m'attendais pas à voir Cécilia nommée chef du gouvernement, autant j'ai été surpris par le nombre de femmes nommées ministres.
Alors ? Heureuse ?
Christine Boutin
Rachida Dati
Christine Albanel
Valérie Pécresse
Christine Lagarde
Michèle Alliot-Marie
Roselyne Bachelot
C'est vrai : nommer Kouchner ministre, c'est très fort, mais alors nommer Olivier Besancenot ambassadeur au Vatican, ça c'est vraiment une trouvaille !
amitiés - PLANTU

Matignon
PLANTU

TROP DE FONCTIONNAIRES. Nicolas Sarkozy en avait fait un de ses slogans de campagne : on ne remplacera qu'un fonctionnaire sur deux partant à la retraite. Pour André Santini, le secrétaire d'État à la Fonction publique, la France compte trop de fonctionnaires. Il n'est « pas normal que 24 % de la population active soit fonctionnaire ».

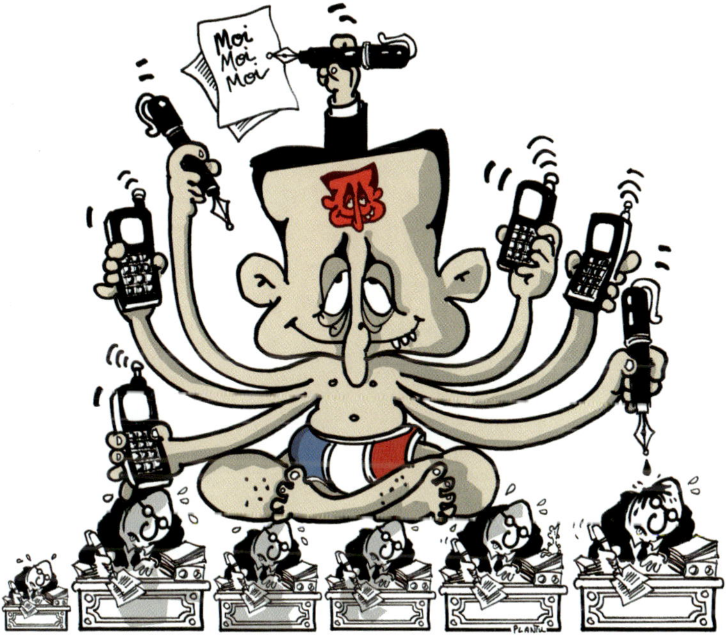

« On va se faire allumer
comme des perdreaux
si on reste immobiles. Je veux
aller encore plus vite. »
NICOLAS SARKOZY (août 2007)

OUI, ELLE EST TRÈS BIEN VOTRE VOITURE MAIS LE PRÉSIDENT EXIGE AUSSI UN VOLANT À L'ARRIÈRE !
LAGUNA
RENAULT
PLANTU

GOUVER-
NEMENT
FILLON
HOP HOP!
AFFAIRES
ÉTRANGÈRES
HOP HOP!
POLICE
HOP HOP!
ENVIRONNEMENT
HOP HOP!
LÀ, PAR CONTRE, VA Y AVOIR DU SPORT !!

ARGH!
PALOMA
BOAT PEOPL

OUVERTURE. Bernard Kouchner est nommé ministre des Affaires étrangères et européennes (18 mai 2007).

« Moi, on m'aime quand je suis utile, alors que certains, comme Simone Veil ou Bernard Kouchner, sont aimés quand ils ne servent à rien. »
NICOLAS SARKOZY (quand il était ministre de l'Intérieur)

KOUCHNER
OUV

ILS NE FONT PAS PARTIE
DE LA FAMILLE !!!
LES TESTS ADN LE
PROUVENT !
UMP
LANG

PLUS FORT QU'HARRY POTTER !
MOI, JE VOUS TRANSFORME UN SOCIALISTE EN SARKOZISTE !
AH ! TROP FORT !
PLANTU

« Va-t-on continuer à se laisser empapaouter par un monsieur Sarkozy qui, en vérité, souhaite faire de notre pays un champ d'expérience à l'ultralibéralisme et à l'atlantisme ? »
JACK LANG, ancien conseiller spécial de la campagne de Ségolène Royal.

OUVERTURE (SUITE). Nicolas Sarkozy crée un comité de réflexion sur la modernisation de la Ve République. Présidé par Édouard Balladur, le comité comprend des élus socialistes, dont Jack Lang.

HERGÉ. 23 mai : commémoration du centenaire de la naissance d'Hergé, le créateur de Tintin.

POLICE. Sarkozy place ses hommes à la tête de la police. Le rapprochement des RG et de la DST se concrétise.

CLAUDE GUÉANT. Véritable homme de confiance du président de la République, Claude Guéant, ancien directeur de la campagne de Nicolas Sarkozy, est nommé secrétaire général de l'Élysée.

ESCLAVAGE. Inauguration juin par Nicolas Sarkozy d'un monument commémorant l'abolition de l'esclavage.

"Le drame de l'Afrique, c'est que l'homme africain n'est pas assez entré dans l'Histoire. Jamais il ne s'élance vers l'avenir, jamais il ne lui vient à l'idée de sortir de la répétition pour s'inventer un destin". Nicolas Sarkozy (Dakar, 26 juillet 2007).

« La couverture médiatique de ses 100 premiers jours à l'Élysée est digne d'une république bananière. » *THE IRISH TIMES*, 2007.

« PREMIER CAS AVÉRÉ DE CENSURE DE L'ÈRE SARKOZY ». Le site internet *Rue 89* révèle que *Le Journal du dimanche* a renoncé à la dernière minute à publier un article où l'on apprend que Cécilia, l'épouse du candidat, n'est pas allée voter.

« L'Élysée, cela me rase, je ne me vois pas en First Lady. »
CÉCILIA SARKOZY, *Télé Star*, 2005.

ANGINE BLANCHE. En vacances à Wolfeboro, aux États-Unis, en août 2007, Cécilia Sarkozy n'a pu se rendre au déjeuner avec Laura et George Bush car elle souffrait, selon Nicolas Sarkozy, d'une angine blanche : « Je vois déjà les manchettes dans les journaux sur un possible caprice de Cécilia ou autre chose vaseuse, car, c'est bien connu, les gens célèbres ne sont jamais malades… » Dès le lendemain, la première dame de France flânait dans les rues de Wolfeboro en short et en t-shirt.

Angine blanche et Maison Blanche

AH ! LES CONS ! Nicolas Sarkozy appelle un de ses collaborateurs depuis son lieu de vacances aux États-Unis : « Quel est l'état d'esprit des parlementaires ? » Le conseiller : « Tu sais, ils sont tous en vacances. » Sarkozy : « En vacances ? Ah les cons ! »

VROUM !
Arrêtez de me filmer avec cet engin !... Kadhafi va exiger d'avoir le même !
PLANTU

GUERRE. Alors que le ministre des Affaires étrangères, Bernard Kouchner, parle de « guerre » contre l'Iran, Nicolas Sarkozy et François Fillon proposent aux syndicats français un « nouveau contrat social ».

CONFUSION. La fusion Suez-GDF prenant du retard, Gérard Mestrallet, le PDG de Suez, demande, en août 2007, au gouvernement de se décider.

INTOUCHABLE. Alors que Nicolas Sarkozy fête ses « 100 jours » à l'Élysée, Cécilia Sarkozy refuse de s'expliquer sur son intervention pour obtenir la libération d'otages en Libye devant les députés.

RENTRÉE SCOLAIRE. Nicolas Sarkozy écrit à tous les enseignants de France et propose, en visite à Blois, « une nouvelle Renaissance qui n'adviendra que grâce à l'éducation ».

RENAISSANCE DE L'ÉDUCATION
BLOIS 2007
QU'EST-CE QUE JE FOUS LÀ ?
PLANTU

IMMOBILIER. La crise du crédit immobilier américain ébranle le système bancaire mondial.

CRÉDIT IMMOBILIER AMÉRICAIN
CROISSANCE
BON ! JE VAIS CHEZ PRADA, OUI OU MERDE ?
UNE SECONDE, MA CHÉRIE !

Cours du blé
BON! IL FAUT RENTRER, LES FRANÇAIS NOUS ATTENDENT, LE PAIN VA AUGMENTER ...
QU'ON LEUR DONNE DE LA BRIOCHE!
PRADA
Liste des courses
Pain
Banque
Crédit

CÉCILIA SARKOZY. Un communiqué de 15 mots : « Cécilia et Nicolas Sarkozy annoncent leur séparation par consentement mutuel. Ils ne feront aucun commentaire. »

ARCHE DE ZOÉ. Sur fond de guerre au Darfour, sept responsables de l'organisation l'Arche de Zoé tentent d'évacuer clandestinement 103 enfants depuis Abéché (Tchad) pour les faire adopter par des familles françaises. Ils sont arrêtés par les autorités tchadiennes.

L'ARCHE des ZOZOS
ÇA VOUS DIRAIT D'ADOPTER UN PREMIER MINISTRE ?
QU'EST-CE QUE VOUS VOULEZ QUE J'EN FASSE ?
PLANTU

N'DJAMENA. Nicolas Sarkozy obtient la libération de 7 des 21 inculpés par la justice tchadienne dans l'affaire de l'Arche de Zoé. M. Sarkozy a « remercié très sincèrement le président Déby », évoquant « l'équipée assez lamentable » de l'Arche de Zoé.

SARKO-MÉDIAS. En 2007, l'« effet Sarkozy » a fait vendre 110 millions d'exemplaires de magazines en plus. Ami de tous les patrons des grands groupes de presse, Sarkozy est omniprésent dans les médias.

Sarkozy
depuis Carla

Le couple Nicolas Sarkozy-Carla Bruni
ne se cache plus : ils se montrent ensemble
à Eurodisney.

FRANCE-ALGÉRIE. Pour sa première visite en Algérie, Nicolas Sarkozy se veut conciliant. Il a dit sa volonté d'en finir avec cette « mode exécrable de la repentance » qu'il assimile à « la détestation de la France et de son histoire ».

OTAGES EN COLOMBIE. À l'occasion d'un message diffusé par les médias, Nicolas Sarkozy adresse aux FARC une demande de libération de leurs otages pour des raisons humanitaires, en particulier de la Franco-Colombienne Ingrid Betancourt.

* *"Bon, je vous la fais courte: voici Sofia, une infirmière bulgare. On va faire une super-photo d'enfer, tous ensemble avec Ingrid. Je me débrouille pour que ça fasse la "une" de Paris-Match (j'y ai des potes et ils sont pétés de tunes) et ça me permet de vous payer la rançon.*
Et voilà, bande de ringards ! Bon allez, on sourit tous comme des malades : Ouistiti sexe !!! "

NATALITÉ. La loi Neuwirth sur la contraception, promulguée le 28 décembre 1967, a transformé le modèle français. Les enfants sont de plus en plus « programmés » : en trente ans, la part des naissances « bien planifiées » est passée de 59 à 83 %.

PÉTRA. En week-end en Jordanie, le président français a emmené Carla Bruni et le fils de l'ex-mannequin visiter les ruines de Pétra.

FRONTIÈRES. Un espace unique pour 400 millions d'Européens. Neuf nouveaux membres de l'UE rejoignent la zone Schengen.

SANS PAPIERS. Le travail, un espoir pour les sans-papiers. Les employeurs pourront demander la régularisation de leurs salariés sans papiers. Le nombre des sans-papiers en France est estimé entre 200 000 et 400 000.

SARKOZY. Bonheur privé, difficultés publiques ? La ministre de l'Économie Christine Lagarde annonce une inflation plus forte en 2008 qu'en 2007. Une perspective qui compliquerait encore un peu plus la tâche du « président du pouvoir d'achat ».

TEMPÊTE CONTRE LE RAPPORT ATTALI. Sous la forme de 314 propositions, « l'expert en tout » et agitateur d'idées professionnel, Jacques Attali, remet au président un pavé de 200 pages de nature à « révolutionner le modèle français ».

RAPPORT ATTALI
UMP
RAPPORT ATTALI
PS
RAPPORT ATTALI
PLANTU

LES FRANÇAIS CONSOMMENT DE MOINS EN MOINS
1 an déjà !
ÇA TE DIRAIT DU GÂTEAU ?
PAS FAIM !
PLANTU

SCÈNES DE MÉNAGE DANS LES COUPLES DU GOUVERNEMENT. Christine Boutin et Fadela Amara : incompatibilité d'humeur et passes d'armes sur le plan banlieue ; bisbilles entre Christine Lagarde et Xavier Bertrand ; querelle entre Bernard Laporte et Roselyne Bachelot qui déclare : « Ils m'ont affublée d'un gangster ! » ; Jean-Louis Borloo et Nathalie Kosciusko-Morizet : mariage d'intérêt (« C'est une emmerdeuse », avait prévenu Jacques Chirac).

PLANTU

MAIS, VOUS SAVEZ, JE COMPTE TOUJOURS CHERCHER LA CROISSANCE...
OUI, OUI, AVEC TES PETITES DENTS !... ON SAIT !

MUNICIPALES. Le président Sarkozy affronte sa première épreuve électorale. Alors que tous les sondages prédisent une victoire de la gauche, Nicolas Sarkozy déclare : « Je travaille à la modernisation de la France sans me laisser distraire par les péripéties. »

RETRAITES. L'âge normal de la retraite dans l'Union européenne varie d'un État membre à un autre, entre 57 ans en Italie et 67 ans au Danemark.

TRAHISONS À NEUILLY. Griefs et aigreurs s'accumulent dans les rangs de la majorité. À cela s'ajoute l'imbroglio de Neuilly-sur-Seine, où le candidat précédemment désigné par Nicolas Sarkozy pour lui

succéder dans son fief, le porte-parole de l'Élysée, David Martinon, s'est vu brutalement lâché par ses principaux colistiers au rang desquels Jean Sarkozy, fils du chef de l'État.

MAUVAISE PASSE POUR SARKO. Sarkozy s'installe dans l'impopularité. Affaibli, le président n'entend changer ni le style, ni le fond. Sarkozy était un candidat qui jurait qu'il ne serait jamais un président qui « marche sur les eaux ». Qu'il ne se retirerait jamais à Versailles « pour réparer les serrures ». Qu'il ne regarderait pas « la poussière tomber sur les dossiers » dans son bureau de l'Élysée. Aujourd'hui, c'est un président à qui un quidam peut dire lors de l'inauguration du salon de l'Agriculture : « Touche-moi pas, tu me salis », pour s'entendre répondre par le chef de l'État : « Alors, casse-toi, pauv' con ! »

HAPPY BIRTHDAY
POURQUOI VOUS AVEZ TOUT FOIRÉ DEPUIS UN AN ?
NE T'EN FAIS PAS, JE SUIS LÀ POUR DÉFENDRE TON BILAN !
AH ! ME TOUCHE PAS AVEC TES SALES PATTES DE
C'EST QUOI, COMME LANGUE ?
ÇA M'ÉTONNERAIT QUE CE SOIT DU TIBÉTAIN !
PLANTU

CARTE FAMILLE NOMBREUSE. Cafouillage général au sein de l'UMP après que certains ministres ont annoncé par erreur la suppression de la « carte famille nombreuse ».

Vidéosurveillance à Bruxelles.
C'EST QUOI CE TRUC QUI BOUGE SUR TOUS LES ÉCRANS ?
ON DIRAIT UNE TACHE QUI NE PART PAS !
PLANTU

Le président Nicolas Sarkozy et son épouse Carla sont accueillis à Londres par la reine d'Angleterre en mars 2008.

EXCUSEZ-MOI, MISS QUEEN, J'ATTENDS UN SMS POUR LE MATCH FRANCE-ANGLETERRE !
I CAN'T BELIEVE IT !... *
* PURÉE ! J'Y CROIS PAS !...

CARLA BRUNI. Le journal *Libération* consacre cinq pages à Carla Bruni-Sarkozy. « Épidermiquement de gauche », l'épouse du président de la République s'explique sur sa musique, sur sa fonction et répond sur la politique de Nicolas Sarkozy. « Je ne fais pas tellement corps avec la politique de mon mari. »

fêtedelamusique@sarko.com
C'EST PAS LIBÉ QUI M'AURAIT FILÉ 5 PAGES !
ARRÊTE ! TU TE FAIS DU MAL !
LIBÉ
CARLA
PLANTU

IL N'Y A PAS QUE L'EURO DANS LA VIE !
C'EST VRAI : IL Y A AUSSI LE BANC DE TOUCHE !
PLANTU

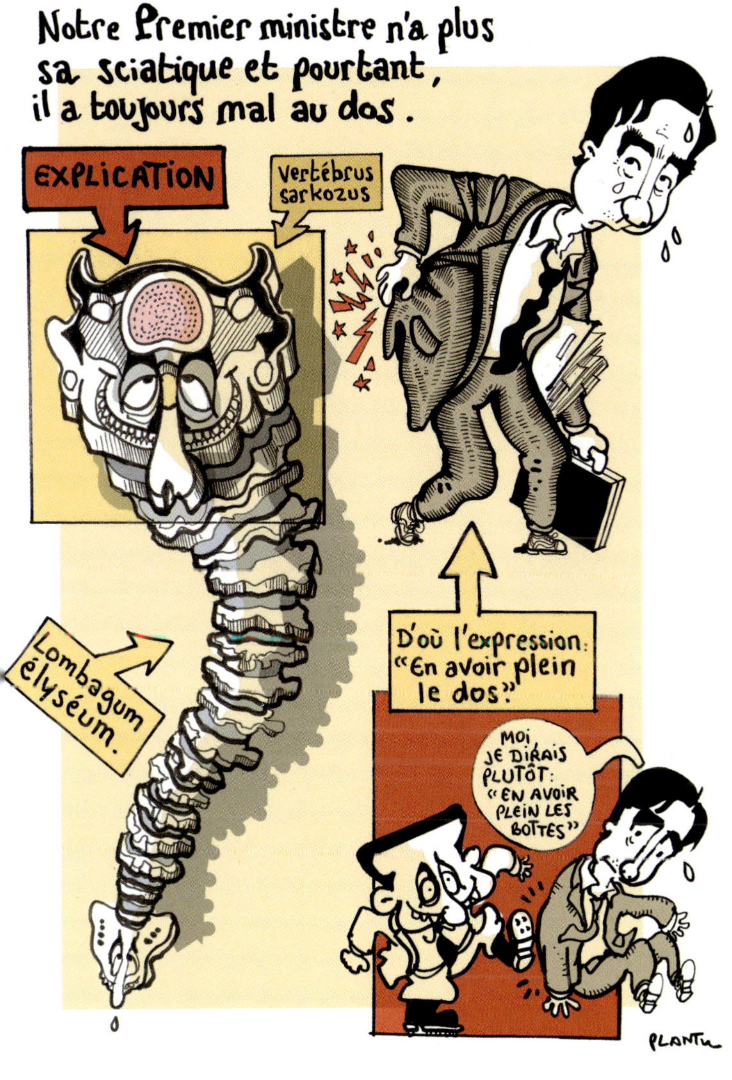

PLEIN LE DOS. Le Premier ministre, François Fillon, est en « bonne forme morale » malgré la sciatique dont il souffre depuis plusieurs jours.

GRISAILLES. Alors que le chef de l'État est aux États-Unis, le chef du gouvernement, François Fillon, se dit prêt à affronter le mécontentement social : « Attachez vos ceintures. »

PORTS BLOQUÉS. Les marins-pêcheurs mécontents de la hausse du gazole bloquent plusieurs ports.

PAS ASSEZ DE FIOUL !
TROP DE FOULE !
PLANTU

LE « NON » IRLANDAIS (12 JUIN 2008).
L'Union européenne traverse une nouvelle crise : l'Irlande rejette le traité de Lisbonne par plus de 53 % des voix lors du référendum.

EUROPE
NON
NON
NON!
SIRE! THE FRENCH SYNDICATES VERY PAS CONTENTS!
MAINTENANT, JE VOIS DES IRLANDAIS PARTOUT!
LE SARKODAGOBERT A MIS SON EUROPE À L'ENVERS!
HARPE IRLANDAISE
PLANTU

INGRID BETANCOURT. Enlevée par la guérilla des FARC en février 2002, la femme politique franco-colombienne est libérée le 2 juillet 2008 à l'occasion d'une opération de l'armée, ordonnée par le président Álvaro Uribe et après des années de négociations infructueuses. Ces événements et son retour en France ont eu un très fort retentissement médiatique, diplomatique et politique.

FRANCE-CHINE-TIBET. L'ambassadeur chinois menace la France de « conséquences graves » si Nicolas Sarkozy s'avisait de rencontrer le dalaï-lama à Paris. En visite dans la capitale parisienne, le dalaï-lama met en cause l'attitude des Chinois dans « l'injustice » causée aux Tibétains.

ON CONNAÎT LA MUSIQUE. Sortie du nouvel album de Carla Bruni-Sarkozy intitulé *Comme si de rien n'était*.

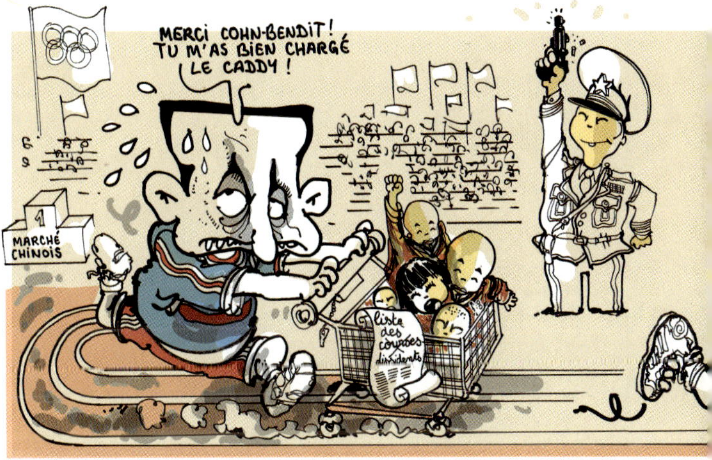

FRANCE-CHINE. Daniel Cohn-Bendit contre Nicolas Sarkozy au Parlement européen : « Vous aviez une occasion en or de défendre les valeurs européennes de la démocratie et de la liberté en disant je ne participe pas à l'ouverture des Jeux olympiques, à la mascarade du Parti communiste chinois. Monsieur le président, c'est une honte, c'est minable d'aller à l'ouverture des Jeux olympiques. »

CRISE BOURSIÈRE. La décision de la Réserve fédérale américaine (FED) d'abaisser fortement, de trois quarts de point, ses taux directeurs pour tenter d'endiguer la débâcle boursière met la Banque centrale européenne (BCE) sous pression. La priorité des priorités doit être d'éviter une panne des crédits. En Europe, Jean-Claude Trichet, le président de la BCE, met en avant le risque de dérapage des prix.

SUBPRIMES
DÉFICITS
RÉCESSION
JEAN-CLAUDE TRICHET
BANQUE CENTRALE EUROPÉENNE
V'IRAI FERFER LA CROIFFANFE AVEC MES DENTS !
DITES ! VE FUIS COINFÉ !!
INFLATION
CROISSANCE
PLANTU

PROTECTIONNISME. Lors d'une intervention télévisée, Nicolas Sarkozy déclare : « Si on donne de l'argent aux industries automobiles pour se restructurer, ce n'est pas pour apprendre qu'une nouvelle usine va partir en Tchéquie ou ailleurs. » La République tchèque, qui assure la présidence tournante du Conseil européen réagit vivement et dénonce le protectionnisme français.

ÉLECTIONS EUROPÉENNES. Avec 29 députés élus, l'UMP arrive loin devant le PS et Europe Écologie (14 chacun) et le MoDem (6).

OMNIPRÉSIDENT. Le chef de l'État est présent sur tous les fronts, tant en France qu'à l'étranger.

SURMENAGE. Nicolas Sarkozy est victime d'un malaise vagal le 26 juillet à l'occasion d'un footing dominical.

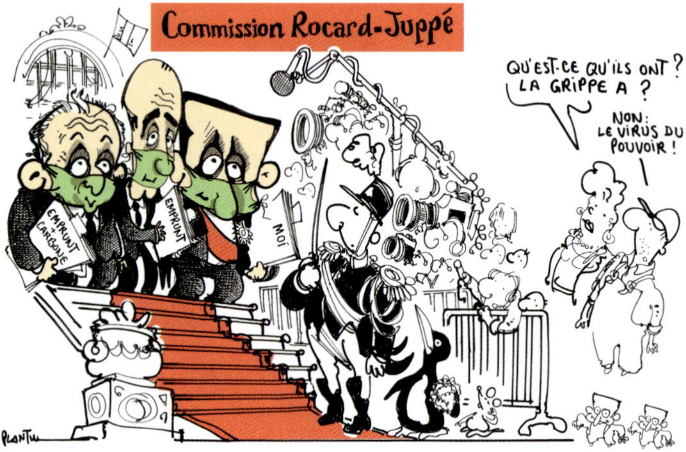

GRAND EMPRUNT. La commission Juppé-Rocard, chargée de réfléchir à l'emprunt national prévu pour 2010, est installée le 26 août par Nicolas Sarkozy et a deux mois pour rendre son rapport sur le choix des priorités.

PARTI SOCIALISTE. Boudé par plus de la moitié des militants, un référendum interne au parti appouve l'organisation de primaires ouvertes à tous les électeurs pour désigner le candidat socialiste en 2012.

DU MÊME AUTEUR

Pauvres Chéris
Centurion, 1978

La Démocratie ? Parlons-en !
Éditions Alain Moreau, 1979

Les cours du caoutchouc sont trop élastiques
La Découverte, 1982
et « Folio » n° 2268

C'est le goulag !
La Découverte-Le Monde, 1983
et « Folio » n° 1966

Politic-look
Centurion, album de BD, 1984

Pas nette, la planète !
La Découverte-Le Monde, 1984
et « Folio » n° 2271

Bonne Année pour tous !
La Découverte-Le Monde, 1985

Ça manque de femmes !
La Découverte-Le Monde, 1986
et « Folio » n° 2269

À la soupe !
La Découverte-Le Monde, 1987
et Seuil « Points actuels » n° 86

Wolfgang, tu feras informatique !
La Découverte-Le Monde, 1988
et « Folio » n° 2272

Ouverture en bémol
La Découverte-Le Monde, 1988
et « Folio » n° 2270

Des fourmis dans les jambes
La Découverte-Le Monde, 1989
et « Folio » n° 2273

C'est la lutte finale
La Découverte-Le Monde, 1990

Un vague souvenir
Le Monde-Éditions, 1990

Reproche-Orient
Le Monde-Éditions, 1991

Le Président hip hop !
Le Monde-Éditions, 1991

Le douanier se fait la malle
Le Monde-Éditions, 1992

Ici Maaaastricht ! Les Européens parlent aux Européens
Le Monde-Éditions, 1992

Cohabitation à l'eau de rose
Le Monde-Éditions, 1993

Le pire est derrière nous !
Le Monde-Éditions, 1994

Le Petit Chirac illustré et le Petit Balladur illustré
Seuil, 1995

Le Petit Socialiste illustré
Seuil, 1995

Le Petit Raciste illustré
Seuil, 1995

Le Petit Communiste illustré
Seuil, 1995

Le Petit Mitterrand illustré
1re édition, Seuil, 1995
et 2e édition augmentée, « Points » n° P271

Magic Chirac
Le Monde-Éditions, 1995

Les Années vaches folles
Le Monde-Éditions, 1996

Pas de photos !
Le Monde-Éditions, 1997

La France dopée
Seuil, 1998

Le Petit Juge illustré
Seuil, 1999

L'Année Plantu 1999
Seuil, 1999

Cassettes, mensonges et vidéo
Seuil, 2000

Wanted
Seuil, 2001

Le Nouveau Petit Chirac illustré
Seuil, 2002

Le Petit Jospin illustré
Seuil, 2002

Le Petit Écologiste illustré
Seuil, 2002

Le Troisième Homme illustré
Seuil, 2002

La France à la baguette
Seuil, 2002

Plantu, sculpture et dessin
Paris-Musées, 2003

Ils pourraient dire merci !
Seuil, 2004

À quoi ça rime ?
Seuil, 2005

Je ne dois pas dessiner…
Seuil, 2006

La Présidentielle 2007 vue par Plantu
Seuil, 2007

Racaille le Rouge
Seuil, 2007

Un boulevard pour Sarko
Seuil, 2008

MISS UMP
BZZZ
RACAILLE
LE ROUGE
GRR!
PLANTU

Retrouvez Plantu sur l'Internet : www.plantu.net

MAQUETTE ET RÉALISATION : JEAN-LUC SIMONIN, CURSIVES, PARIS
IMPRESSION : MAME IMPRIMEUR, TOURS
DÉPÔT LÉGAL : NOVEMBRE 2009. N° 98542 (n° 09072137)
IMPRIMÉ EN FRANCE